獨立空山之巔
不問明月幾時有

空山問月

野樵 著

誰明白
能問明月的
是幾時的我

留住閱讀的美好

上個世紀末，網際網路開始衝擊人們的生活，各種資訊從書本中解放，流竄至大街、小巷。在鍵盤上敲出直白的關鍵字，可以立即找到許多答案，文藝、音樂、旅遊、時尚、人物、電影、烹飪……應有盡有。近年來，智慧型手機蓬勃發展，網路資訊更是如影隨形，獲得解答竟如此容易。以往尋覓一本書，將它捧在手上細細咀嚼的閱讀習慣，或多或少也被無孔不入的資訊所沖淡。

現在只要在手機上滑動指尖、點擊屏幕，就能瀏覽不同的文字創作；與此相對的是，翻開一本書，透過版面、行距、字距來感受它的情緒，並以翻頁速度作為回應的閱讀體驗，也全然被顛覆了。我無意抗拒這股潮流，但還是想留住那一份閱讀的美好，這也是創辦「名人品味」的初衷。

本書作者野樵先生酷愛詩文，作品蘊含雋永的人生哲理與社會關懷，其書寫之筆法更挾帶著豐沛情感，尤其令人印象深刻。記得某一日收到野樵先生的文稿數篇，本是隨意展讀，最後卻為文意與字形交織而成的繽紛情境所吸引。我想，如果能將其作品集結出版，應該能給予讀者不同於以往的閱讀經驗。

《空山問月》是野樵先生的詩作合集，為了確實留住不同筆觸所營造的氣氛，名人品味編輯團隊選擇最笨的方式，逐字掃描、建檔，並針對不同詩篇進行版面微調。歷經漫長的編輯過程，《空山問月》總算順利付梓，衷心期盼本書能帶給各位讀者一份美好的閱讀體驗，開啟與書對話的心靈空間。

名人品味創辦人

自序

古人寫詩
兩句三年得
一吟双淚流
苦思一字
撚斷數莖鬚
向來

讚嘆詩人們　生花妙筆
或渾然天成　恢宏出奇
或學富五車　天縱才氣
或天巧絕妙　自然生趣

此書
擷取樂府和宋詞的精神
帶點隨興編曲
揉合古今

增添些許自由氣韻
將絕句及對子
酌作詩中妙契
平仄　非不嚴謹
乃取法古体詩韻
並注入些許新意
典故　冷闢的只好捨棄

只因現代人不太熟悉

偶取對仗　佈成段落或對句

發音　押韻　採用台灣通行的國語

字數　則取較活潑的增減添餘

本書旨在　將人生寓情於景

回歸恬淡自然　純真古樸的詩意

筆者學淺不敏　野人獻曝

倘蒙方家賜教　不勝感激

完成一書

走過順逆歲月

仰仗正反貴人

在此一併致意

野樵

序於翡翠空山

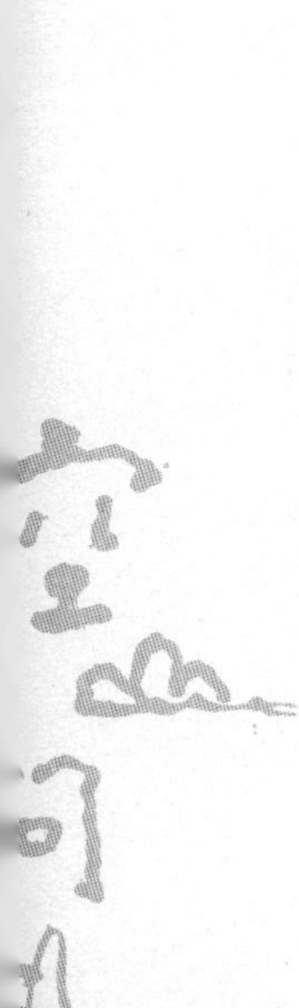

目次

詩

詩
是個女孩
姓真名不易
小名難難

很難見到
約她無門
也沒手機

她會突然出現
在你窗前
有時
就在熄燈的枕邊
你巴巴地等著
她肯定不讓如願

女孩
會叫你瞥見

就等你
不經意的瞬間

當然
她不是鬼
未必美若天仙

只是
你若親見
肯定令人

屏息駐足
忘了時間

她
稍縱即逝
詩筆飛快
也僅得
捕捉碎片

山居

賞夜 才知風月多迷人
迎晨 方曉山居似神仙
翔鷹 盤旋在窗前
雲嵐 伸手可邀約
山僧 袈裟飄逸松海間
隱士 悠然掬泉臨飛澗
珍禽 群戲幽林羽翼令驚艷

幽徑　落葉深厚絕人煙

炊烟　遠山裊裊不見人

良友　濁酒清茶伴雲天

詩情　明月松風善解閒

孤芳　獨自開落幽谷盈聖潔

修煉　白雲流水天中天

問月　娑婆水月何時覺

尋禪　踏破鐵鞋和坐破蒲團

誰先

孤獨的芬芳

深高的山峦
绝人煙的雲霧缭绕
春雨灑落了滿山的清涼
在那蔥鬱的新绿中
孤獨的芬芳
在幽谷中绽放

不變的純白
屹立在春谷的山岩上
是空靈與聖潔的對話
是真性和自然的迴盪
風雨疏狂
更添春意盎然

塵囂嚷嚷
孤芳依自倚著春湖 那樣欣然
莫認作 隱士的滄桑
是洗練在枝頭上 展露的慧光
莫誤作 隨春的盪漾
是生命在時空的洪流中
体悟了開泰的春陽

或許
孤獨的芬芳
只宜留待自賞
宇宙的脈動
悄悄地走在
潔白的花瓣上

二〇〇八年 寫於北台灣
春末狂雨的早上

一舟輕移

徐步月下
觸地似琉璃
踩近蓮池泛漣漪
花落水面皆成詩
魚躍碧波千頃

驚散一湖珠璣
與星輝相映
天地悄悄低語
明月松風相譜曲
述古談今
一舟輕移

免驚起白鷺
莫擾世人清夢
收槳
任風波搖曳
獨享
一溪清涼

一壺濁酒
一張無弦琴

心香

花香 茶香 墨香
誠心是真香
爐香 天香 神香
清淨心最勝香

秋之德

始於一片無聲的落葉
一絲鏡前的白髮
等不及開啟第一罈烈酒的邀約

無纖塵的湖面
不等梅花落
不待雁飛過

悄把雲天映個真假難以捉摸
翰墨的行間　留白如秋
宛如純真無邪的眼眸
君不見
心黃葉落
枯留枝頭上的落寞
君不解

水光瀲灩彩雲天
只勒心海淡淡莫名的愁

崖洞中的羅漢　還沒有下座
侍側的虎蟒　聞風不動
紅塵　只是高丈崖下的浮雲禪風
與世隔絕的修煉
有如丹桂飄香

還悟性靈之元
這出塵似缺憾的美
取代世俗的圓
悠然不寫的留白
補足了　已說的缺

夜

夜深人靜
心裡尤涼
微涼的秋意
稍解亂季的暑氣
只有路燈淚睡

怎捨得這無價的獨吟
詩筆在腦海裡盪漾
補綴性靈自天的席缺
珍惜
獨處的夜
滿山的靜

蟲鳴的諧
天心的月

千金不易
唯夜
慷慨地給

晨光

溪山

萬里無雲的早晨
朝陽灑下金光
風和
適涼
宛如夢裡仙境一般
林樹輕揚
柳垂波漾

正好快樂地出航
小舟微盪
波心釣放
不是為魚而來
難得
掠波光
一覽溪山
從溪中欣賞　卻是另一番美景
寫於烏來的早晨

体諒

夫妻間　需要有多少的体諒
才能有不爭執的時候
朋友間　要有多少体諒
才能有管鮑之風
君王要有多少体諒

才得体會民間疾苦
百姓要有多少体諒
才得安於萬稅

五毒生起時　要有多少体諒
才能懂得自他交換

註「自他交換」意即設身處地

仇人之間 要有多少体諒
才能對敵人生起慈悲
生命中要有多少智慧
才能悟得体諒的三昧

智者

一臉可以讀取歲月的皺紋
含歛智慧寶匣的眼神
透融滄桑走過的柔輭
宇宙人生的真諦 在純淨的眼眸裡
穿透無餘
一身散發着祥和的氣息
感染人群

沐灑大地
世間出世一眼能洞悉
慈悲智慧兩圓融
進退斟酌善有序
預知生死自在來去
　讚嘆
什麼樣的修煉
可以有如此的蘊育

腦海玄机

禪師說

家在閩山東復東
其中歲歲有花紅
而今不在花紅處
花在舊時紅處紅

腦海裡藏著去机
昔日受辱難忘記

而今不在辱受處
辱在舊時受處受
雖是早已消失了的過去
彷彿永遠烙印在心底

此身不在花紅處
腦海裡浮現的是
舊時家鄉裡的花絮

而今此身不在受辱處
腦海裡不忘的是
昔日受辱的情緒

平事淡忘　輕而易舉
忘得乾淨　似也可以
就有些事兒
擱到老死也不願丟棄

莫非
您我腦海裡真的藏著玄机
早已消失了的過去

何苦
苦苦抱在心底
沒啥營養的
何不放手
讓它全部登上時光的小舟
順著飄流去
禪師又說

家在閩山西復西
其中歲歲有鶯啼
而今不在鶯啼處
鶯在舊時啼處啼

經驗須記取　不愉快的情緒　不妨忘卻

惜春

惜春未必春花開
詩酒得趁年華在
花隨春雨落
髮從舉杯白
莫學秦皇尋仙藥

把錢當歌莫徘徊
樂盡天真心花開
詩情酒興妻手採
人歲兩忘年不邁
是非皆拋誰掛懷

月影搖風隨手掬
松姿靜心親自栽
祥雲滿室
摯友對弈
霞樓暮鼓
靈鶴常來

性靈

畫家筆下的世界
禪師棒喝的鋒慧
書家墨金的魂魄
大士莊嚴的慈悲
人生走在名利之外的尊嚴
豔陽隱約在烏雲後的藍天
嬋娟懸浮在冬霧的天邊
性靈璀璨在人性的深面

一池紫蓮

一池紫蓮
楓紅三兩片
錦鱗躍水
漣漪大小圈
群山環繞
翡翠映湖天
清泉一道

十畝秋水源
隱湖畔
茅屋一間
蒼松倚
翰墨滿壁
案上竹筒
多老筆
陳年斑宣
書慧語

一張古琴
一局棋
清茶石壺
與老酒相契
開軒面雲山
偶見炊煙一縷縷
是非到不了
任它塵囂自熙熙
想淵明

斗酒聚比鄰
懷東坡
才情逢朝雲
明月駐足
窗外聆琴音
聊藏翰墨
箱裡又添新

二〇〇六作於台北烏來

情天慾海

誰願把一身的風華抖落
清寂地甘願淡泊

誰願放捨貪戀情愛的夢
勇敢地飛向禍福難測的天空

收拾起怨艾的模式
將半生的悲愁一腳跨過

堪破情天慾海的過患

　揚起揮別春風的衣袖

情天慾海幾時休　清明總是被埋沒

　不跨過　怎知海天何等開闊

靜觀蔑視因果的代價

　面對不該得的誘惑　一眼不顧

誰願用良心精算自己

一生該有的知足

誰能珍視
無上的智慧和高貴的風骨

誰能明白非分的財富
較良知一文不值

誰能洞悉黃金
永遠比不上道德的價值

自然農法

常言道
病從口入
時代多惡病
平日甚麼吃下肚　還得仔細莫輕忽

自然農作法
不灑藥
不施肥

沒事不除草
害虫生
益虫來
食物自成鏈
環環都吃飽

有機土地度數定要高
休耕是訣竅
放任生雜草
割草間置自成土

如此多次再反覆
自生植披肥沃足
自然堆肥不用毒

水源純淨最幸福
遠離農藥化工和文明
回歸原民祖先的智慧
取之自然歸自然
佩服長老甚英明

有機水果甜度高
生機飲食疾病少
化學添加　基改物
還是少吃為妙
只因
人体代謝有限度
不能排出即是毒

野菜茶

攬一片秋雲
沐滿庭桂香
心境怡然

拈一段月光
寫夜闌恬謐
寂意盈然

塵囂落盡
凝聽山與月
天籟清揚

剪曝野菜
收作茶
沖茶入詩懷

野菜茶

不回甘
但得妙趣溢心房

像素樸的老友
久別卻如昨
相知但揮手
一默勝萬說

也如南山的秋菊

不改悠然的芬芳
山風來同飲
微送沁涼

松影下
迎皓月
照書窗

問東坡

年近花甲
學東坡買地
只為山水雲天好
無関置產築夢高
湖上泛虛舟
聊從物外遊
知識不如經事

疊書任塵著
漫歌學牧童
但聞鳥唱覓無蹤

俗累身心備
璞真閒裡求
枯筆不辭花眼濛
色費風雨
隨意躍詩中

感動

感動
它悄悄地住在每個人心中
跨越了時空

感動
經歷歲月也不稍改本色的　撼動
天地也為之動容
它不知何始　也不明何終

它好似不在乎人們的情愫何以承受

時空有盡

感動卻無窮

情海因它而波

慈悲因它而起

智慧因之而萌

虔敬

布農族的Pasibutbut
用最虔敬　最純淨的真心
唱出最美妙的歌聲
獻給
小米神　來聽
和諧的八部合聲
一族團結的心
環繞山谷不絕的歌聲

小米神　聽了定歡心
無異天籟在人間
小米神　聽了定歡心
今年小米慶豐收
Pasibutbut
小米慶豐收

故鄉

曾經
把酒問月
幾時榮歸
功名奔與忙
懼汗顏歸鄉

情怯
故鄉
深藏心底
偷偷地思念

曾經
年少輕狂捨一切
離鄉背井勇直前
故鄉——
只能望穿秋水
伴著枕邊的眼淚

曾經
巫山一片雲
秋水伊人

真純無悔
誠執竟不敵因緣
故鄉
千里共嬋娟

歲月
幾曾饒人
白髮鏡前
故鄉
僅存殘留記憶的碎片

漂泊
似浮萍
湖海充作家鄉
一絲風骨
流波不隨逐
故鄉
除了夢裡不曾再會
倍思親
誰忍逢佳節

如夢
成敗得失一場
故鄉早成了滄海桑田
驀然回首望夕陽
究為何事走他鄉
收拾起
莫再辜負雲山
鷹巢崖上
日出雲海處遙望故鄉

藍

藍
是千里嬋娟共懸的天
是蒼穹的涯岸
是海納百川無私的容量

藍
是望穿秋水的故鄉
是農夫辛勤的汗水

是畫師筆下的彩湛

藍
是福爾摩沙的疆圍
是蒼鷹展翅的無限
是浩瀚銀河的家園

藍
是東坡稽首的天中天

是隱士山居的悠閒
是禪師機鋒的境界

藍
是大鵬金翅鳥的前庭後院
是萬佛心咒的法力無邊
也正是您我心海的一片閒田

問業

徒弟問禪師
有人行善　却生病又諸多不順
為什麼
禪師答
以前的惡業成熟
徒弟又問
有人造惡多端　依然興旺福報

不衰　為什麼
禪師答
以前的善業成熟
徒弟不解再問
那現在作的善惡業呢
禪師說
以後會成熟

取捨之間

人生難免有矛盾
面臨取捨兩全難
有人取利不問義
只顧向錢看
傷害生靈狠不管
有人不問利不利

但審當不當
持守善念護節操
彷彿大雪山
聖潔凜然不動搖

正念取義寢食安
動靜衣袖金風揚
師父說
良心戒体胸發光
閻王看了也讚嘆

該你的福報
理得心安是定然
昧著良心的事
因果代價留後償
取捨之間
勸君好自慎思量

氣魄

一個表相
隱藏多少內幕
一樁勾當
設計多少包裝
是人性的本能
還是劣根墮幽闇

是善性的遺忘
還是昧着良心的勇敢
是沒勇氣拒絕利慾的誘惑
還是沒氣魄邁向
斷惡生善

細胞裡的春天

舒適的和風
溫煦的陽光
幾聲鳥語
喚醒春山的早晨
伸展著枝芽
帶着朝氣
微送鮮氣

生命不多得的慢活
一隻鳥兒歡喜喜地從窗前飛過
好似趕著相約的出遊
是個合適踏青的天
遠山的好友

正揚起翠玉的茶煙
等待著敘舊

只因一寸閒情
就足以喚醒生命
細胞裡的春天

本淨之元

佛陀的慈悲
不會因為有后妃就消滅
悉達多的皇宮
是說明
凡人也可以完成的修煉
立足在凡夫的地面

一樣可以功德巍巍
金輪是
心靈的聖潔
從平凡超越命運的艱苦卓絕
宛如
雪地裡開花
火坑化紅蓮

正因從凡夫修煉
所以彌足珍貴

世上最珍稀是
心靈的聖潔
不是道貌岸然的飾偽

萬象的本質
純然地屹立在宇宙之間

人心蒙霧
才污染了事實
心淨則國土淨
在家出家皆不礙本淨之元

奇妙哉

奇妙哉
有人用希望編織
却在失望中過一生

奇妙哉
有人把自己向名利追逐
却徒留一生勞苦

奇妙哉

有人一生追求情愛
可悲歡離合終難挨

奇妙哉
有人口肥心向外
徒造是非口舌把己害

奇妙哉
世有窮困救德的人們
心安多自在

奇妙哉

生來赤裸　死去空手

百年裡　究為何來

傳承

素宣皎皎
横鋪十尺
一方陳墨
十萬斤油十萬杵
端硯細緻
勤磨打基礎

管筆一支
桿取斑竹
純擇無雜
萬毫一束
信手揮灑
儼然胸有成竹

點劃時空
勾勒生命啟慧悟

雲彩躍紙
揮墨化龍也吞吐

抑揚頓挫皆自在
走筆從容當下知

氣節普遍存心田
風骨恆常不散失
無盡的莊嚴
浩然長眷顧

智慧

眾生一直把感官 當作真實的 來生活

所謂 眼見為憑

感官 卻 把外境和內心認作是真實的

來捕捉

外境顧自地趕著時空的洪流

內心 卻 似江河般不停地奔流

還總是

尋不得源頭
伶俐的　到此早已明白
感官雖然擺在自己身上
但不完全可以信得過

不夠伶俐的　也不必驚慌
金剛經上說
一切有為法
如夢幻泡影

如露亦如電
應作如是觀

外境內心常遷變
正是感官賴以
生活的有為法
可

個中有個不變的在
就好比不變的鏡面
可以清楚地照見一切

又比如不動地站在岸上

不正可以靜觀　不停的川流

喻如金剛

就是這清明又不動的空靈

圓滿智慧的佛陀

要告訴我們甚麼

你俐的早就懂意思了
知道一切夢幻泡影的那個
空靈

易經
在時空萬變中理示了脈絡
同時八卦也透露了回潮
知道夢幻泡影的那個

正是那陰陽未動　兩儀未生之初的
太極

是不動清明
清明不動
非感官所及
智慧所宗

佛　道　在此異曲同工

冬陽一

冬陽睡
大雪厚紛堆
阻路封山難進退
喜露晨輝
是寒鴉
不是歸雁
直待春暖上枝頭

峰頂崖巢新羽豔
領著雛鷹飛

冬天飛過的是寒鴉
不会是歸雁
春暖花開時
雁群才会南歸

春天雛鷹初長成
母鷹領著小鷹
在峰頂上習飛

冬陽二

冬陽醉
時隱又時現
耀眼不遜秋光銳
夕照忽絶
是溪嵐
不是雲烟
尚待湖畔蘭吐秀

好茶春酒迎賓醉
山鳥唱不歇

冬陽耀眼有時不輸給
秋老虎
冬日短　夕陽不長
難得溪面浮上嵐氣
宛如美女蒙上了面紗
是絕美的奇景
一年中不可多見
春蘭盛開在湖畔
山鳥逢春　很愛歌唱

冬陽三

冬陽艷
雛燕群戲輝
乍暖誤作春来醉
日落寒追
是櫻紅
不是丹楓
却待東風催春濃

好迎楓紅聚春秋
真箇燕春飛

冬將盡　群燕也許是等不及
把乍現的冬陽誤作春來臨
群出而飛　可難敵寒氣
很快就返巢了
北台灣的烏來　山櫻冬末先開
初春時楓葉紅於二月花
待到春天真的隨着東風
而來時　春燕才能高興地
戲起春陽

老老實實地修

求財　不布施
錢從　哪裡來
造惡　求庇祐
何必　難為佛
信則　得永生
不善　怎可能

摩西 倡十誡
天福 由善成
無德 覓風水
再好的龍穴也瓦解
君不見
天下沒有不敗的王朝
陵墓金湯終遭毀
強扭 瓜不甜

妄求　多生災
五戒十善親實踐
福報自然來
今生起步若太遲
來世庫存依舊在
君不見
不求自得　樂開懷
莫學偷兒　拜關公

莫使邪術　遭鬼害
善惡定奪　頂上判
存善珍重　好生涯
種瓜得瓜豆得豆
何如老實善德修

蒼鷹

當蒼鷹堅定的羽翼
劃過天際

雖不留下
耀眼的痕跡

也許曾驚起
雲彩的詫異

狂風暴雨
毫無畏懼
穿越雲霄
俯瞰晨曦
嘯傲在
湛藍無垠
環顧四海

縱橫天地
早已忘卻
獨翔的孤寂

生命之流

生命如川流
總是忙碌走過

人心相續
沒事時的內心
還對自己喋喋不休
未必開口

幾乎　都是這麼過
青絲到白首

雖嘆江水不回頭
即便得高壽

此心一樣
似乎　萬歲也不夠

心欲閒時　身不閒

身得閒時　心難閒
難道　人生只能這麼活
生命依舊如川流
有誰曉得
怎麼做　才是珍惜之活
平常　跟著外境
起心動念　隨波逐流

放下　早已成了牆角洩氣的皮球

誰真懂得珍惜

在念波的川流中　覺悟

不自忙妄的　鮮活

了達　誤認　川流妄波是充實　的荒謬

理出一條明路

一種　不消耗在隨波逐妄的明智

親自步上
寧靜的充實
放下的富有
讓生命回歸
真實智慧的自由

青春

青春一直奔馳著倉促的腳步
任嘶聲的呼喚
也邀不到一眼的回顧

隨風散落的花瓣
拋下殘留枝頭上褪色的紅妝

如箭一般
從眼前穿梭而過的是

不及細瞧的時光
春花夏妍
還無暇欣賞
黃葉竟已悄悄地飄落河畔
才聽乳燕初學語
轉眼兒女成群新窩香
昨日尚問

究為何事走他鄉
如今髮白拄杖望夕陽
今夜舉杯說興衰
明朝可有英雄不浩嘆
曾經相聚合歡終不散
轉眼天涯各一方
歲月不待人

借問青春
妳要飛向何方
可有　能叫妳回頭的
呼喚

平安香

三柱平安香
一壺晨清茶

走過人生幾風波
笑看綠筍抽嫩芽

知足勝求神
積善餘慶家

不作污官招民怨
何如荒山種滿茶

水上

連日豪雨後

東方未白的黎明
殘餘兩三蛙鳴對話
襯出晨山
未甦醒前的清寧

碧溪粼粼
瀅瑩得出奇

彷彿隨順蒲團上
水止的禪境
塵囂未起
較夜彌足珍稀

山中
雨秋

山溪一半黃
雨山的傑作
岫雲時起時散
雨洗秀竹新竿

山林一半黃
秋山的傑作
風高時刮時靜

雨鳥来去默然

山寺一半黃

新舊的傑作

雲中時隱時現

聞鐘何必尋禪

二〇一二 水龍年

寫於鳥来

秋天的雨中

時光
山溪

古老木箱裏的家珍
是阿嬤的回憶

幽郊的黑樹林
是父親釣魚的秘密基地

密林迷路時偶遇的珍珠溪
永難再尋

陶甕中的醃菜
濯足的山溪
蜂窩旁的四季菓

晒衣架上的青竹絲
和式床板下的蛇窩
舞拳弄劍的山脊

挑水澆菜

割稻劈柴

放歌豪邁舞天地

問月把酒簫一曲

時光隨山溪流逝

只顧著忙碌 早已忘懷的回憶

待想起

輕舟怎能載得起

菩薩前
母親虔祈的身影
誰能忘記

無量肚

天下多少不平事
一口嚥下無量肚

絕美

絕美的溪雲
有如山巒
也似化不開的濃霧
厚厚地鋪在碧水之上
望去只見一帶白雲似的
玉環在兩山之間的腳下
婉如西施臉上那遮面的薄紗

不見溪雲底下的流水
只添一份神秘的靜謐
屏息的絕美

冬陽下暖的向晚
一年可數的稀有晨間
凝神駐足在
好像蒸嵐飄浮的橋面
偶然相遇

奇妙地置身雲間

無法邀約
只能等待下一次
有緣的相見

孤雁

一隻獨自趕路的孤雁
錯過了
晚霞滿天
只得披星戴月
奔向
即將破曉的東邊
一雙翅膀

飛過千山萬水
早已忘卻了疲憊
萬籟伴著孤雁
沉默地飛越

趕路不是因為季節
只因命運的羽翼　早已烙上了
孤獨的印徽

偶然
映下一襲清影
悠悠地掠過湖面
就在黎明的東邊
驚艷
燦爛的晨霞
彩滿天

品味娑婆

咱們都還在輪迴中
品味娑婆

探索著無盡的煩惱
如何解脫

嘗試著修煉
是否輪迴會有盡頭

靜觀人性 在濁世中
是否還能護住性靈的尊嚴
面對昧良心的名利和誘惑
定力 是否鍛鍊得足夠

五毒橫流的人間
智慧和善性是否能驕傲地依然抬頭

難能可貴是

諸惡莫作

珍稀如晨星是

把整個宇宙人生悟個徹底通透

或可尋回本來

在娑婆　品味真實的自在悠遊

一縷輕烟

我把一段古老的情緣
在今生
化作一縷　淡淡的輕烟
一揮兩袖
春風輕盈盈地飄過

不拾取紅塵的情牽
春雨不合時地落
花紫和泥 悵望向東流
誰解
漣漪生起 自無波
誰觀

竹影掃階　階不動

不是遺忘過去的感動

已然

不必掀起此生的風波

把酒杯換小

把酒杯換小
讓茶杯有些尊嚴
將執著放淡
讓智慧在心靈
有成長的空間

叫憂愁的酒
暫時莫增添

也給思念
不再佔滿時間

是生命該走的幽徑
盼抬頭
還能仰望藍天
呼吸到
無垠的新鮮

緣份　若真可以求得

當祈禱每位對手都不知道這個秘訣
美好的果實　若可從　勉強樹上生出
當祈願對手們都不懂得種植

誰不曉
此事古難全
也該留給因缘
應有的尊嚴

了悟
無求的放下
才能邁開自由的腳步
深信千百年修來的
因果樹
才得親嘗
不求自得　的真實

又見停雲

晨雨後
深高的層山中
停雲
最是雨天的美

寧靜悠閒
清奇又靈秀
襯著鮮綠的山水

在層巒間含羞

閒軒更近切
排雲緩緩變

不畏伸手
可以親捧雲朵
時淡時濃
總是白綿綿地
如帶如鍊

就停在山頭間
似動非動
靜悄悄地變幻
好像生怕將沉睡的人們驚動

早起的人見有福
陋屋結在凌峯上
環擁停雲
與茶煙飄蕩

清活

獨鍾

好兆頭

在立夏豪雨後的早晨
綠意盎然的山林中
百花齊放的悠閒裡
白頭翁　竟與　黑姑娘　玩在一齊
追逐著
搶立路燈頂上的　采頭
電線上的　鞦韆
仍有雨滴

谿風吹拂著夏季裡
第一天的涼意

山花林樹也舞著
雨後的清新
閒村幽靜
浮生憑添適意

或許
這是個好兆頭

祝願
福爾摩沙
有個
美好的國運

冬雨
春雨

寒雨夜
夜添杯
初春襲人透春醉
春風　枝頭尚未覺
冬雨　直下過春節

同是雨
歲末初春不同氣

一樣酒
除舊迎新醉相異

冬醉淺比春醉沉

春意竟較春醉深
冬雨涉足　奪春意
不料春意　滿春雨

二〇〇七的冬雨直下到二〇〇八的春天

無病呻吟

是誰把滿山的風雨濕意
憑添了一窗的詩意
該是大自然　造訪的方式
不知哪家的窗前
有人提筆

說又準
落花飄零水流去
也許是
烏雲佈天　千家暗漆漆
風雨本無心
是誰多事
卻叫無病的老筆寫下
獨自地呻吟

善根

靜心看人間

生老病死苦

求之不得苦

相愛別離苦

怨憎仇人相會苦

為苦而苦

八種苦

無人能免
佛陀說
　欲求　為因
　痛苦　是果
昔在菩提樹下證菩提
默坐七日　準備涅槃去
梵天勸請問何因

佛陀初開口
吾法微妙不可思議
一法不可得
只是離欲
非衆生所喜
大梵天王更急切　勸請再三
千載難逢一佛陀
得證菩提未傳法

雲門禪師偈

自己的性靈不重視

佛祖傳法為何人

若人自發心

為利眾生故　尋回本來面

是人即是　善根菩提心

菩提心是至妙寶

此人尤其殊勝

師父說

天雨再大

不潤無根之苗

果有善根者

佛陀慈悲為傳法

福慧圓滿 佛陀已親證

究竟解脫圓滿教法已留下

繼續流浪六道　苦海浮沉

還是尋回本來　告別輪迴

端賴自己

空山問月

誰不是
從無始走來
奔向無終
在時空的洪流裡
每一生總是匆匆走過
誰知道

今生的執著
正是前世的殘夢
今生的遺憾
是否留作來世的原動

甚麼是
釋迦佛說的妄想執着

有人說
往事回首如昨夢

又說
萬事轉頭空
未轉頭時　是夢

是否
還記得十年前的夢
且莫輕言

說甚麼
前世今生　千年緣份

誰還記取

前世誰對誰曾經許下的承諾

陽陰之迷

讓每個人都遺忘

就如今生

忘了過去曾許下的善願

忘了曾發出的珍貴菩提心

當善根偶然生起時

卻常淪落在錯亂尋思的輪迴大海
就像落海的針一樣難再拾回

獨立空山之巔
不問明月幾時有

誰明白
能問明月的
是幾時的我

春酒

雛鵬習飛
正是櫻紅春酒醺
高朋滿堂
舉杯歡笑敘平安
一年之計
鵬程預祝千萬里
掠過波濤
天海一片藍鬱鬱
展翅高飛

更見層錦疊翠
信念窺視風雨
艱難無限是堅定的羽翼
穿梭試煉
奔向雲彩燦爛的明天
再舉杯
笑看春風臉上醉

真氣

泡茶靜心
有觀照
不涉茶道
已是道

玩筆弄墨
已靜定
亦靜宗主
早入禪

緩緩停雲
如太極
仙家真氣
靜中察
聖賢傳下
深文化
莫將容易
等閒看

幸福果在
血脈裡
悠雅心性
當珍惜
此中逍遙
誰得知
且自長
問月多餘

等待

北風不起
隱山的寒鴉不語
故友不來
床底的酒甕不開
詩筆丰采
為撼動清雅等待

弄舟一

泛一條輕舟
離開沙洲
在清濁交會處
迎向白鷺幾隻
載不動多愁
只宜隨盪清波
不下金山
但享浮生靜默

弄舟二

撐一葉孤舟
遠離啁啾
在僧俗橋搭處
掠過雲鶴幾隻
載不了毀譽
只能就賞碧波
不攫金鱗
但看丹霞日落

弄舟三

御一片帆舟
駛離人多
在河海相匯處
不別鹹淡幾疇
載不走成敗
只羨海天一闊
不拋網羅
但觀浪濤漁火

返樸

一種平懷
寧心無猜
淨然天性
誠真滿載
雖落凡俗又染塵
非獨孤傲棲雲層
雲深客絕涵乾坤

清泉野蔬足果腹
荒山自長茶
濁酒無須漉
似隱
胸懷天下事
不爭
煉心返真樸
但知足

自然常樂
常清淨
体無為德

後記

探索星空　重重無盡

尋不得　煩惱的涯岸

彼岸　當知未必在西方

停雲　總是優雅地守破黎明前暗

爐烟　飄戒香淨願蒙熏法界

誠懇　殷切祈請十方

不求靈光　自然在定海中乍現

尚祈智慧　願無遮障

多災的時代　願眾生都能落實十善

地球只有一個
願利慾能得　良知的控管
寶島載浮載沉
願執政有厚德　能体恤愛民
僅此迴向無盡　願一切吉祥

癸巳年　春分

國家圖書館出版品預行編目 (CIP) 資料

空山問月 / 野樵作 . -- 初版 . -- 臺北市 : 名人品味, 2014.11
面； 公分
ISBN 978-986-90292-0-9(平裝)

851.486 102027448

空山問月

作　　者：野　樵

主　　編：陳俊傑
美術設計：Miki Fong
版面編排：Miki Fong、陳俊傑
印　　務：葉為欣
發 行 人：郭炫伯
出 版 者：名人品味國際有限公司
辦 事 處：臺北市大同區市民大道一段 203 號 8 樓之 16 (臺北京站)
電　　話：(02)2552-7740
出版年月：2014 年 11 月 初版一刷
定　　價：新臺幣 420 元整
ISBN: 978-986-90292-0-9

CELEBRITY'S CO., LTD.
Printed in Taiwan.